ALEXANDRE
ET
CAMPASPE
DE LARISSE,

OU

LE TRIOMPHE

D'ALEXANDRE

SUR SOI MÊME.

BALLET

HEROI - PANTOMIME.

PAR Mr. NOVERRE.

A VIENNE EN AUTRICHE

1773.

ARGUMENT.

Alexandre ayant ordonné à *Apelle* de faire le portrait de *Campafpe*, la plus chère de fes favorites, qui réuniffoit à la beauté la plus rare, ce que les Graces ont de plus touchant ; ce peintre frappé des perfections, qu'il trouvoit réunies pour la premiere fois dans un feul modèle, en devint éperdûment amoureux. Alexandre s'en apperçut, il lui en fit le facrifice & la lui céda. Cette grandeur d'ame, cet empire, qu'il avoit fur lui-même, ne le rendoient pas moins illuftre que fes grandes victoires. Il favoit commander aux hommes & à fes Paffions ; il foumettoit les uns ; il triomphoit des autres.

PER.

PERSONNAGES.

ALEXANDRE.

EPHESTION.

CAMPASPE.

APELLE.

FEMMES D'ALEXANDRE.

LES GRACES.

DES AMOURS.

DES ZÉPHIRS.

LA RENOMMÉE.

Représentés par les Eleves & les Modèles d'Apelle.

OFFICIERS.

GARDES.

LE THÉATRE reprefente un Cabinet orné de tableaux, de bufles & de flatuës. Une vafte galerie de peinture termine cette décoration. L'oëil s'y promène par le moyen de trois Portiques ouverts.

SCÈNE I.

Apelle eft inftruit de la vifite d'Alexandre; il donne les dernierès touches au portrait de ce Prince; il a tout préparé pour recevoir fon Maître : fes élèves font déguifés en Amours & en Zéphirs. Les femmes, qui luï fervent de modèles, font métamorphofées en Graces. Il veut qu'Alexandre prenne fon attelier pour celni

A 3   des

des Jeux & des Plaisirs. Cette troupe riante est ingénieusement distribuée par l'Artiste. Des Amours broyent les Couleurs, d'autres essayent leurs Crayons, des Zéphirs chargés des Présens de Flore, les offrent pour modèle. Les Graces préparent la Palette & les pinceaux d'Apelle; tandis qu'une femme, sous la figude la Renommée, forme une Couronne de lauriers pour la présenter à Alexandre.

SCENE II.

Un bruit d'Instruments consacrés à la guerre annonce l'arrivée d'Alexandre. Ce Prince paroit: il est accompagné par Ephestion & par ses favoris. Ses femmes le suivent, & la belle Campaspe, seule voilée, paroit au milieu d'elles.

Apelle se prosterne aux pieds d'Alexandre. Ce Prince, qui lui accorde la protection la plus distinguée, le comble de bontés. Il examine son portrait. Les Graces le lui présentent. La Renommée le couronne, & les Amours se grouppent de
dif-

différentes maniéres, & fervent, pour ainfi dire, de fupports à ce Chef-d œuvre de l'Art. Alexandre frappé du mérite du Peintre, & de la maniére ingénieufe qu'll employe pour lui préfenter fon ouvrage, applaudit à fon goût & à fon génie. Il demande à Apelle s'il n'a point quelques tableaux de femme à lui faire voir. Le Peintre lui montre celui de Vénus: elle eft occupée à choifir dans le Carquois de l'Amour, la flêche, qui doit bleffer Adonis. Alexandre enchanté de la beauté du tableau, de l'expreffion des figures, de la correction du deffein & des teintes harmonieufes, qui en forment le coloris prend la réfolution de faire faire le portrait de Campafpe. Il la fait avancer; il lui ôte le voile, qui éclipfoit fes attraits: Apelle, qui n'a jamais rien vû de fi beau, recule de furprife & d'admiration. Alexandre veut favorifer l'enthoufiasme de l'Artifte en échauffant fon imagination par des peintures vivantes. Il fait marcher Campafpe: il la pofe dans diverfes attitudes: il lui fait exprimer fucceffivement, une foule de fentimens; ce qui forme un pas de deux plein d'action.

A 4   Apel-

8

Apelle frappé par les tableaux animés, que Campaspe trace avec autant de grace que d'énergie, se sent vivement troublé. Alexandre, qui veut donner à Apelle une nouvelle marque de sa bonté, ordonne à ses femmes de déployer leurs talents: les unes jouent de divers Instruments, tandis que d'autres forment des danses caractéristiques. Campaspe embellit cette fête, & execute avec les femmes la danse des Couronnes. Cette danse fait allusion aux conquêtes multipliées du Héros, & aux Lauriers, que ses victoires lui ont mérités. Après cette fête Alexandre ordonne à sa suite de devancer ses pas: il engage Apelle à commencer, & à deployer tous les trésors de son Art, pour reproduire par une imitation fidelle un objet, qui lui est cher. Il part en faisant à Campaspe le plus tendres adieux, & il va pendant cette séance, examiner les Chefs-d'œuvre, qui composent la Galerie d'Apelle.

SCE-

SCENE III.

L'amour qu'Apelle a conçu pour Campafpe , lui fait imaginer de fe fervir du déguifement de fes élèves pour rendre à cette beauté la féance plus variée & moins ennuyante.

Il examine fon modéle : il place Campaspe dans plufieurs attitudes ; il en varie les airs de tête & l'expreffion des traits ; pendant cette Scene, des Amours s'occupent à deffiner Campaspe, d'autres préparent la Palette, tandis que ceux-là cherchent à imiter toutes les attitudes de cette beauté. Apelle eperdûment épris ne fait plus faire un choix: toutes les fituations lui paroiffent également belles: il crayonne , il efface, il esquiffe de nouveaux traits ; il les efface encore; & après un inftant de réflexion, il veut la peindre en Déeffe : il donne fes ordres; les élèves difparoiffent: ils apportent un moment après une Lance, un Casque, un Bouclier, des Trophées d'armes. Apelle pare Campaspe de ces ornemens guerriers : il la pofe dans une

A 5   atti-

attitude noble & fière. Elle est debout & appuyée fur une bafe de colonne: elle a l'air de Pallas.

Apelle commence à efquiffer: mais pèu content de cette idée, il en conçoit une autre. On apporte des guirlandes de fleurs; il en couronne Campafpe; il la fait affeoir; il grouppe des Zéphirs autour de cette nouvelle Flore; il vole à l'ouvrage; ce tableau ne le fatisfait pas encore: il retourne à Campafpe; il la drappe d'une peau de tigre; il lui attache un Carquois; il orne fes belles mains d'un arc & d'une fléche; il lui donne une attitude pittoresque, & court à la toile; il trace avec vivacité le premier trait de la Déeffe de la Chaffe: mais il l'efface avec une forte de dépit, s'imaginant que le tableau deviendra plus intereffant s'il fait de Campafpe la Mére des Amours.

Cette idée lui plait d'autant plus, qu'il trouve Campafpe cent fois plus belle que Vénus. Il l'affied fur un trône de fleurs. Des Amours font grouppés autour d'elle; les Graces font occupées du foin de fa toilette; tous les acceffoires, qui peuvent faire richeffe, font placés au-

tour

tour de la belle Cypris. Apelle enchanté revole à l'ouvrage ; mais les
pinceaux lui échapent de la main ;
il brile fa Palette & eloigne tout
le monde : il profite de cet inftant
pour declarer à Campafpe la paffion,
qu'elle lui a infpirée, Ce n'eft qu'en
tremblant qu'il lui en fait l'aveu.
Campafpe loin de s'en offenfer, lui
fait entendre qu'elle préfere la liber-
té à la grandeur , que les plaifirs
naiffent de l'égalité, & qu'elle n'a d'autre defir que celui de captiver fon
cœur & de lui donner le fien. Apelle
enchanté de fon bonheur, fe jette avec
transport aux genoux de Campafpe,

SCENE IV.

Alexandre paroît avec Epheftion.
La furprife de ce Prince eft ex-
trême ; elle égale la crainte, dont
Apelle & Campafpe font pénétrés.
Alexandre fe livre à tout le reffenti-
ment que peut infpirer l'infidélité &
l'abus de la confiance. Epheftion
modère l'emportement d'Alexandre.
Campafpe tombe evanouïe. Apelle
paroît moins craindre pour lui, que
pour

pour les jours de Campaſpe. Alexandre combattu par les differens mouvements, qui agitent ſon ame, ſe livre à celui de la généroſité. Il ſacrifie, par un effort peu commun, les ſentiments d'une vengeance juſte à une Bienfaiſance vraîment Heroïqne. Non ſeulement il pardonne à Campaſpe & à Apelle; mais il veut encore les unir, comme deux perſonnes qu'il protège, & qu'il chérit : il leur ordonne de le ſuivre. Les deux Amants tombent à ſes pieds, & lui témoignent leur reconnoiſſance. Epheſtion enchanté de ce trait de grandeur d'ame, ſe precipite avec transport dans les bras de ſon Maitre & lui temoigne ſon admiration.

SCENE V. et DERNIERE.

LA DÉCORATION repréſente une ſuperbe Galerie du Palais d'Alexandre.

Ce Prince, ſuivi par un brillant cortège, conduit les deux Epoux. Il leur fait preſenter la Coupe nuptiale & les unit. Après cette cérémonie, on leur offre les magnifiques pre-

préfens , que fa génerofité leur pro-
digue. Ils expriment leur recon-
noiffance & leur bonheur. Alexandre ne dédaigne pas de s'affocier à
cette fête.

Cet Acte de bienfaifance eft une
nouvelle victoire , qu'il ajoúte à fes
Triomphes , & qui pénètre tous ceux
qui l'entourent , d'amour , de refpect
& d'amiration.

Le Ballet eft terminé par une
danfe generale , qui retrace par fes
mouvemens gais & rapides , la féli-
cité des Epoux, la fatisfaction d' Alexandre, & la joye pure de tous ceux,
qui ont été témoins de fa génerofité
& de la victoire qu'il a remportée fur
fes paffions.

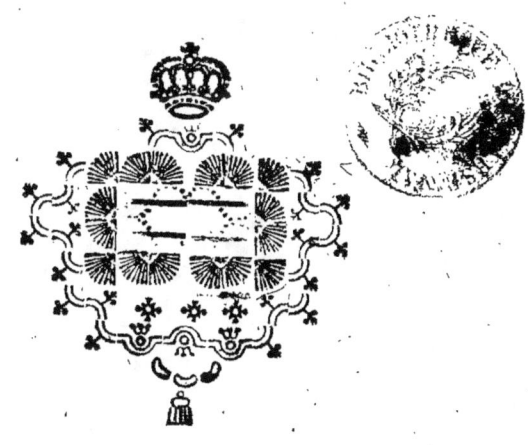

www.ingramcontent.com/pod-product-compliance
Lightning Source LLC
Chambersburg PA
CBHW061508170626
46811CB00004B/1649